HOJE É MEU ANIVERSÁRIO

© Luciano Buniak, 2024
Todos os direitos desta edição reservados à Editora Labrador.

Coordenação editorial PAMELA J. OLIVEIRA
Assistência editorial LETICIA OLIVEIRA, JAQUELINE CORRÊA
Projeto gráfico, diagramação e capa AMANDA CHAGAS, MARINA FODRA
Preparação de texto CRISTIANE NEGRÃO
Revisão MARIANA GÓIS
Imagem de capa GERADA VIA PROMPT MIDJOURNEY
Ilustração LUCIANO BUNIAK

Dados Internacionais de Catalogação na Publicação (CIP)
Angelica Ilacqua - CRB-8/7057

BUNIAK, LUCIANO
Hoje é meu aniversário / Luciano Buniak.
São Paulo : Labrador, 2024.
64 p. ; il.

ISBN 978-65-5625-520-0

1. Literatura brasileira 2. Poesia brasileira I. Título

24-0229   CDD B869

Índice para catálogo sistemático:
1. Literatura brasileira

Labrador
Diretor-geral DANIEL PINSKY
Rua Dr. José Elias, 520, sala 1
Alto da Lapa | 05083-030 | São Paulo | SP
contato@editoralabrador.com.br | (11) 3641-7446
editoralabrador.com.br

A reprodução de qualquer parte desta obra é ilegal e configura
uma apropriação indevida dos direitos intelectuais e patrimoniais
do autor. A editora não é responsável pelo conteúdo deste livro.
O autor conhece os fatos narrados, pelos quais é responsável,
assim como se responsabiliza pelos juízos emitidos.

LUCIANO BUNIAK

HOJE É MEU ANIVERSÁRIO

A antecomemoração da anticomemoração

Percorrer as ruas da cidade como quem flui, pulsando por entre o corpo urbano que só existe a partir desse líquido humano que lhe dá vida: esse é o impulso do eu-lírico desta obra.

Mas e se esse eu-lírico for um corpo estranho, um invasor? Um estrangeiro habitando uma fluidez predefinida há séculos, adentrando veias e linhas tortuosas de uma cultura, de uma língua e de costumes já moldados e ferrenhamente mantidos? Seriam as células domésticas propensas a combater esse percurso?

É o que os versos e as imagens deste livro propõem-se a nos desvelar.

No caminho pelas veias urbanas de Paris, a Cidade Luz, Luciano Buniak acende outra luminosidade e apresenta seu olhar radiografado sobre a permanência de um estrangeiro na capital francesa. Um olhar ao mesmo tempo ácido, melancólico, mas não menos admirado pela essência de uma cidade que tem muito a mostrar.

Os versos de Luciano captam não apenas o que é sempre visto por um turista. O corpo estranho que se imiscui na fluidez da cidade é capaz de anotar, em uma visão microscópica, o pormenor do cotidiano e do gesto. E não apenas anota, como também expressa: as gravuras que se entremeiam nos poemas dizem tanto quanto os versos e completam esse exame sensorial do corpo que vai pelo lugar, num olhar perspicaz e sensível.

Seguindo a lição de Paul Ricoeur, o grande filósofo francês, a alteridade e o olhar do outro são pontos fundamentais e constitutivos da identidade do sujeito. E se Paris é esse sujeito cuja organicidade abre-se ao percurso, importa também o olhar estrangeiro sobre essa anatomia.

Luciano Buniak, com seus versos, convida-nos a sermos células invasoras que conferem outros contornos às vias venosas e pulsantes de Paris. Vaguemos juntos, pois.

Teresa Azambuya
DOUTORA EM LETRAS

Prefácio

Antes de ler este livro você precisa saber de algumas coisas.

A primeira é que eu não sou poeta e este não é um livro de poemas. Tampouco sou artista e este não é um livro de gravuras. Mesmo assim, há poemas e gravuras nas próximas páginas.

A segunda coisa é que nos últimos meses de 2022 morei em Paris. Não fui a trabalho, não fui por nenhuma pesquisa ou projeto acadêmicos. Fui por um desejo adolescente que conjugou a falta de ter feito um intercâmbio quando jovem e a aura de morar naquela que um dia já foi a capital do mundo.

A falta de um vínculo a alguma instituição que permitisse trocas interpessoais fez com que me visse, de um dia para outro, em uma metrópole cheia de gente hostil, sem conhecer ninguém e sem ter o que fazer.

Some-se a isso a reticência e a culpa de deixar no Brasil a filha pequena, a esposa pouco feliz com a situação, a mãe doente e o país convulsionado por uma eleição que prometia ser caótica. E o resultado foi que a viagem foi uma sombra.

Desde os primeiros instantes, tive a certeza de estar na hora errada, no local errado. Eu não gostei da experiência, mas você precisa entender que o problema não foi a cidade ou seus moradores pouco simpáticos; o problema fui eu, minha preparação para a viagem (ou a falta dela) e minha teimosia em ir a qualquer custo, mesmo sabendo que teria valido a pena esperar melhor hora e planejar mais.

O que segue é o filme melancólico e em câmera lenta da destruição de uma idealização. O sonho se metamorfoseando em decepção. Nele estão contidos os problemas de integração, de comunicação, de entendimento de uma cultura que eu acreditava conhecer depois de tantos anos de estudo, a rápida decepção, a lenta reformulação de conceitos, a formação de preconceitos e as generalizações e a emergência do desejo de desistir e voltar. No final também é possível ver que eu comecei a me adaptar e gostar da experiência, mas aí já era hora de voltar.

Por último, é preciso saber que este livreto não foi algo planejado. Sim, eu levei muitos cadernos para Paris com o propósito de escrever sobre minha rotina e até fiz isso (eles são enfadonhos). O que segue é diferente. Estes textos surgiram já no meio da viagem, quando eu estava sentado em um café (não um típico café parisiense, mas em um reles Starbucks, é a vida real) e senti vontade de escrever sobre o que estava passando. Como dizia Tadeusz Kantor, multiartista polonês, "a arte não é nem um reflexo nem uma transposição da realidade, a arte é uma resposta à realidade".

Hoje é meu aniversário

Um belo dia de verão, que amanheceu
com uma temperatura agradável

Vesti minha melhor roupa e fui a um café famoso
[e concorrido
Pedi uma mesa no salão,
mas ele estava reservado para um evento corporativo

Hoje é meu aniversário
Ninguém sabe

Me sentaram no terraço,
o que quer dizer na calçada,
ao lado da ardósia,
o que quer dizer placa com o cardápio
Sempre há um desconhecido, potencial comensal,
[em pé ao meu lado

Hoje é meu aniversário

Pedi a melhor *formule petit déjeuner*
Na mesa ao lado, sentou um grupo de turistas
Eles falam uma língua que me soa vinda
[do Leste Europeu
Com a garçonete falam em um inglês pobre

Ela os trata melhor do que a mim

Hoje é meu...

Pedem um prato cheio de bacon
Chega meu café da manhã,
eles olham admirados,
chamam a garçonete e apontam para o meu prato
Mudam o pedido
Aniversário

Meu ovo *à la coque* não está bom,
mas a foto fica ótima no Instagram
Na hora de pagar a conta, a toda antipática garçonete
fica feliz quando meu cartão não passa
Pago com dinheiro

Hoje é meu aniversário
Saí de lá e fui para a aula de fonética
e errei todas as pronúncias

Hoje é...

Não almocei

Peguei a carteirinha de estudante
após lidar com a feliz burocrata da escola

Meu...

Fui direto para o museu usar o desconto
concedido pela carteirinha
Descobri que ele só se aplica aos jovens

Aniversário, adulto, quase velho

Paguei a tarifa completa
O museu estava cheio e quente
Grupos de adolescentes,
que têm direito ao desconto,
me impediram de ver as esculturas

Hoje fui ao Museu Rodin
Saí para o jardim tentando me acalmar
No banco ao lado, um casal de orientais
me olhou e sorriu com simpatia

É meu...

Volto para casa,
o dia se arrasta
Olho a agenda teatral e descubro
uma peça assistível

Hoje...

No meu aniversário, janto no McDonald's,
mas da janela vejo a fachada do Louvre
Corro para o teatro *Châtelet*

Entro e me sento
Ao meu lado, todos se admiram com minha máscara

Hoje é meu aniversário,
péssimo dia para pegar covid

A peça é um misto de atores sem preparo de voz
RER passando e chacoalhando o prédio

Sotaque do sul da França na boca de todos
e palmas ao final de cada cena

É...

No final, consigo um ingresso de papel
para minha coleção

Meu...
Volto para a casa andando à beira do Sena
A noite está agradável
A cidade brilha refletida nas águas,
que escorrem vagarosamente

Hoje é meu aniversário

E eu moro em Paris
E eu ando pela cidade sozinho à noite
Em poucos dias minha mãe será operada
Em poucos dias perceberei que esta viagem
não será como imaginada,
que não serei bem-vindo,
que não serei benquisto aqui
nem ali, nem em lugar algum

Apesar de tudo, eu ando ao lado do Sena à noite
em uma noite morna e acolhedora
Sinto o cheiro da cidade,
ouço seus barulhos
e, apesar de tudo,

Hoje é meu aniversário

Qual foi a primeira coisa a se notar na chegada?
O aeroporto deserto e frio
O taxista que nada disse por todo o caminho

A multidão nas ruas, nos cafés e restaurantes
na morna noite de verão
A multidão em todos os lugares no dia seguinte

Tudo era como esperado. Nada fora do roteiro

Mas então o que aconteceu?
Por que deu errado desde o começo?

Instruções de como fechar a porta do *studio*:
Com ela ainda aberta, girar a chave no sentido
[anti-horário e manter a posição
Fechar a porta (é necessário fazer uma força extra, pois
[ela emperra no final)
Dar duas voltas na chave no sentido horário

Exatamente no primeiro piso, fazer surgir uma dúvida
[razoável sobre
se você fechou ou não a porta
Subir até o quarto piso para conferir se a porta está de
[fato fechada

Dependendo do dia, repetir os passos acima descritos
[por diversas vezes

Era verão ainda
E em um domingo eles se encontraram
Quai Voltaire. Ele parado, ela correndo em sua direção

Um som de alegria saiu da boca de cada um
Os quatro braços se abriram

Amigos ou namorados?
Segui andando e espiando entre as bicicletas e os
[corredores matinais

Eles se abraçaram. Amigos.
Ele a levantou, ela entrelaçou suas pernas em volta dele.
Namorados

Ele abaixou um de seus braços e passou a segurá-la pelas
[nádegas

A força era tanta que seus dedos criaram sulcos na carne
[já comprimida pela calça jeans

Domingo de manhã
As bicicletas seguiam passando
Eu segui andando, pensando que gostaria de imortalizar
[aquela cena em uma pintura
que poderia ter um título bem vulgar

Eu não lembro o que fiz antes ou depois, naquele dia
Eu não lembro de seus rostos ou de suas roupas
Quando fecho os olhos, tudo o que vejo é aquela mão
como em uma estátua de Bernini
marcando a carne por cima do jeans

Aqui as pessoas andam velozes
Ser esbarrado, forçado a dar a passagem ou
ouvir uma bufada é a rotina de um pedestre

Aqui ninguém para ao atravessar a rua
Furar semáforo de pedestres é ato repetido até por
[crianças

Os carros buzinam,
as ambulâncias se multiplicam,
os garçons não param para conversar

Todos muito produtivos, eu pensei no começo,
até vê-los lendo livros nos parques e praças
ou tomando café ou fumando nas esquinas
em horário comercial

É, concluí, apenas um jeito estranho de ser

Os três casais de turistas desceram do barco segurando
[taças de espumante
Ficaram conversando à beira d'água

Ninguém está sóbrio
O sol forte do fim do verão
acentua a doce embriaguez de cada um

Um dos filhos de um dos casais
se afasta do grupo
Ele deve ter cinco anos

Ninguém nota

Vai em direção ao rio,
começa a descer uma escada que mergulha nas águas
Seu pai o alcança já no último degrau
Ele não está preocupado
Ninguém está preocupado

Olhando a cena,
eu só consigo pensar em como deve ser doce morrer
[afogado no Sena

Eu não tomo café
O que estou fazendo na cidade
que mais tem cafés no mundo? (informação sujeita
à confirmação do leitor)

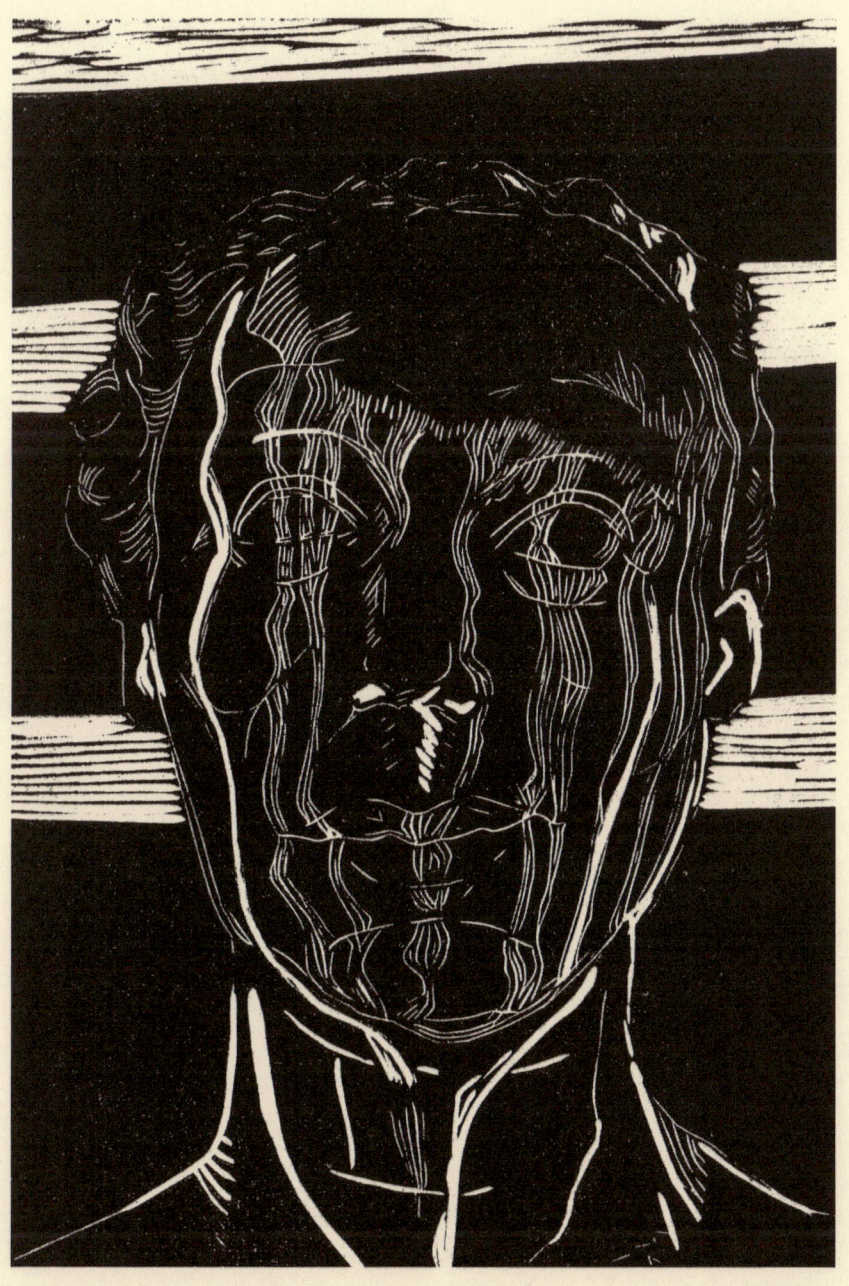

Na frente da Catedral de Ruão,
entre o deslumbre pela vista e
as dificuldades incomuns para fazer uma selfie,
uma senhora me aborda
e se oferece para tirar a sofrida foto

Eu não a entendo

Supondo que está comentando a beleza do lugar
respondo com muxoxos e um obrigado.

Por essa razão, como recordação desta viagem,
Tenho apenas uma selfie mal tirada,
que corta metade da fachada da igreja

Eu falei uma frase curta

(certamente cheia de sotaque e erros gramaticais)

Ele fez uma careta horrível ao ouvi-la
Mas entendeu tudo

Filho da puta!

O semáforo para pedestres fechou
Todos pararam esperando o verde

Menos uma pessoa que atravessou a rua como se nada
[fosse,
depois outra em sentido oposto
e um casal

Algumas pessoas que estavam paradas esperando
tomadas pela coragem
também se moveram e foram embora

Só eu fiquei esperando o verde para poder enfim passar

Eu nunca vi a vizinha
Também nunca ouvi nenhum barulho vindo de seu
[apartamento
exceto seus passos

Não ouço o barulho do chuveiro
do micro-ondas
da cama
da TV
da descarga
Eu só ouço os passos dela e sei que é uma mulher
São passos femininos

Ouço muito a vibração das notificações no celular dela
O tempo todo
Nos meus primeiros dias aqui ouvi alguém tossindo
muito
Na época, não sabia de onde vinha.
Agora creio ter sido ela

Também ouço barulho de secador de cabelos pela manhã
Pode ser também um aspirador de pó
Os barulhos se assemelham
Também não tenho certeza se esse barulho vem de seu
apartamento

Essa parede azul-escura onde estão encostadas minha
cama e minha mesa
eu divido com ela
Gosto de pensar que a cama dela também está encostada
[nesta parede
Dois completos desconhecidos com as cabeças separadas
[por menos de 20 centímetros

A vizinha só faz andar em seu apartamento
ou faz tudo com muito silêncio

Esses dias, tarde da noite, ela chegou em casa
[acompanhada
Ouvi vozes na escada e depois a porta abrindo
Depois um longo silêncio... muitos minutos
Eles falavam tanto na escada!
Um beijo longo talvez...

Depois ouvi gemidos masculinos
Dela sigo sem ouvir nada
Apenas os passos

A pequena livraria na *Île Saint-Louis*
é especializada em livros sobre Paris

Pedi por uma reedição numerada de um belo livro de
[gravuras
A gentil senhora me entende perfeitamente
pega alguns exemplares e pede que eu escolha o número
[da impressão

As opções variam entre sessenta e três e cem
Escolho a impressão sessenta e nove
A senhora me olha com os olhos faiscando
"Escolheu um excelente número, senhor."
"É verdade que sessenta e nove é uma ótima escolha"
Ela sorri com malícia

Que septuagenária admirável

Eu andava em linha reta
e sempre no canto direito do passeio
Em sentido inverso vinha alguém
andar errante sem estar ébrio

Em sentido inverso vinha um casal
um grupo de amigos
um idoso
uma mulher

Alguém

Se ninguém mudasse de trajetória, haveria um choque
Nada mudou, houve um choque

Houve diversos choques
Sem desculpas nem embaraço de nenhuma parte
Um choque voluntário entre corpos humanos

Um choque que se repetiu muitas vezes

Ela era minha amiga virtual
Especialista na representação da mulher na arte ocidental

E sobre isso escreveu um livro
E fez uma noite de autógrafos

Eu avisei que estaria na cidade na data
Eu iria ao evento
Ela ficou feliz

Na fila, com o livro dela nas mãos, senti o coração
[acelerar
Era real a possibilidade de finalmente conversar com
[alguém,
um local, em francês

Entreguei o livro para ela
e todas as minhas palavras calaram
em um silêncio difícil para ambos

Mais tarde, pedi desculpas pelo silêncio
em uma mensagem na rede social

Vi no museu uma frase de Munch:
"nós não morremos, é o mundo que nos deixa"
Não discordo

Toda viagem é um passo a mais em direção à morte

Quando partimos, nosso mundo nos deixa
Quando voltamos, o mundo onde estávamos nos deixa
e aquele que nós deixamos ao partir não existe mais

O semáforo para pedestres fechou
Do outro lado da rua, ela estava
olhando fixamente para um ponto
que parecia estar localizado dentro de um dos meus
[olhos
ou no meio da minha testa

Ela não sorria, mas esboçava um sorriso
ou talvez sorrisse do seu jeito

Uma parisiense (será?)

O semáforo abriu, e todos se moveram
No meio da grande rua, nós nos cruzaríamos
O semissorriso cada vez mais próximo,
o olhar cada vez mais fixo. Compulsivo

A pouca distância, a expressão de seu rosto mudou
Algo se contorcia nele. Quase uma careta
E então, bem do meu lado ela não pode mais segurar
e tossiu.
Sem levar as mãos ao rosto
Sem deixar de estar com o rosto virado para mim

Pequena história de um inseguro

Ela passou por mim olhando e sorrindo
Eu olhei a vitrine,
que refletia minha imagem,
verificando se estava com o zíper da calça aberto
ou se estava com resto de pasta de dente no canto da
[boca

Lista provisória de pessoas que ficaram hospedadas no
apartamento ao lado:

O grupo de latinos que fez uma festa movida a *reggaeton*
[(e que festa);
O casal com dois filhos pequenos, que choravam toda
[manhã;
O casal de homens de meia-idade que voltava de
[madrugada
e saía cedinho (e tinham um forte sotaque do sul);
Os amigos que jantavam, toda meia-noite, comida
[requentada no micro-ondas

A moça de beleza fabricada em hospitais e consultórios
fazia questão de ser fotografada
na frente da mesa de trabalho de Balzac

Fez eu repetir o clique várias vezes
em várias posições diferentes

Eu me dediquei àquelas fotos
O que um solitário não faz para poder interagir com
[alguém

Mesmo que esse alguém venha do Leste Europeu, mal
[fale francês,
e tenha preenchimento por todo o rosto

Uma cena balzaquiana

Alguém fuma na minha frente
A fumaça de seu cigarro viaja para trás

Outro anda fumando ao meu encontro
A fumaça lhe precede

Um terceiro, que não vejo, fuma
A fumaça denuncia sua presença

O cigarro daqui fede mais do que o cigarro brasileiro
É mais forte talvez
ou menos puro.

A fumaça está em todo lugar,
principalmente em meu nariz

Elas se sentaram na mesa ao lado
Devem ter visto em minhas roupas,
rosto, ou em minha postura, um estrangeiro

Confiando nas probabilidades,
julgaram que eu não compreendia sua língua

E, a poucos centímetros de mim,
despreocupadas, passaram a contar as mais estranhas
[confidências

Se tivessem tido a curiosidade de ver minha expressão,
teriam percebido que eu tudo entendia

"Os amigos do museu têm direito à entrada preferencial pela passagem Richelieu"

Eu entendi que poderia utilizar qualquer entrada caso não quisesse utilizar a entrada preferencial

O funcionário entendeu que apenas a entrada preferencial poderia ser usada

Breve discussão.
— Não faça *la gueule*, senhor!

O menino está sentado no chão
Um mendigo

À sua frente ele pôs uma garrafa plástica cortada
É o "copo" onde as pessoas podem colocar esmolas

O copo está longe dele
quase no meio do passeio
É pequeno e transparente, pois é de plástico

Há algumas moedas dentro

As pessoas passam apressadas,
pulam o copo,
desviam o caminho no último momento,
olham feio para o menino
Alguém mais distraído não vê o recipiente
e o acerta com o pé

Copo e moedas se espalham no passeio
O pedestre, envergonhado, se agacha para recolher as
[moedas
O garoto, com raiva genuína, reclama da falta de atenção
[da pessoa

A cena se repete todos os dias
por diversas vezes no mesmo dia
É certo como o sol.
Por que o garoto faz isso?

Movimentos erráticos de pedestres
paradas bruscas
corrida enlouquecida rumo ao nada
ocupação de todos os espaços disponíveis
simultaneamente
por diversas pessoas
ou por uma só (como conseguem?)

Mais um dia caminhando pela cidade

Das variações da sorte
Um dia paga-se dez euros para ver
uma exposição de arte contemporânea
da qual nada se aproveita

No outro, vê-se Kontakthof no *Palais Garnier*

Em uma visita recente à Ópera,
paga-se barato e se tem uma vista honesta do palco

Hoje, paga-se caro pelo assento bem localizado,
mas um americano de dois metros e cinco centímetros
senta-se na cadeira à sua frente

Um exame médico é como uma viagem!
A doença, ou o destino, já existe. Nós apenas não o
[conhecemos ou o vivenciamos
Como no exame, o resultado da viagem às vezes é bom,
[às vezes, não

Ultimamente nenhum resultado tem sido bom

A razão
Está na língua
Está nos discursos
Nos cálculos

Dizem

A razão
Está nas estátuas dos pensadores
Está nos livros
Na organização da cidade
Do país

Parece

A razão não está
Nos cafés
Nos passeios
Nos cinemas
Nas gentes

Pode uma civilização racional
Ser feita de um povo emotivo?

No dia 30 de outubro de 2022
Tomei café na frente do Louvre e vi uma família de
brasileiros vestindo a camisa amarela
da seleção

Vinson Jr. era o nome gravado na camisa do pai de
família

Peguei o *RER* até *Maisons-Laffitte*
Almocei uma feijoada vegana
Fiz um breve tour pela cidade
Chequei as redes sociais

Entrei em desespero

Tentei tocar pandeiro com amigos
Jantei uma pizza decente (raro na França)
Peguei o *RER* de volta a Paris
No metrô, entrou uma baiana em trajes típicos
No *Parc de la Villette* encontrei novos amigos

Meu desespero aumentou quando chequei os sites de
[notícias

Acompanhei os amigos até um restaurante para eles
[jantarem
Ouvi gritos de alegria ao longe
Chequei as redes sociais novamente e sorri
Voltei ao Villette
Estourei um espumante e cantei
Gritei e chorei de alegria
Respondi a diversos franceses curiosos do porquê estar
[havendo uma festa ali

Eles sorriram
Fui pegar o metrô para casa e ele já estava fechado
Acabei indo parar na casa de outros amigos
Com eles fiz nova festa
Cantei, bebi vinho barato até me embriagar
Voltei andando para casa (o metrô ainda estava fechado)
Oito quilômetros cantando mentalmente uma música
Cheguei em casa com o sol raiando e a música ainda tocando na mente
Dormi em paz depois de quatro anos

Na noite fria do fim de outubro,
a pequena multidão que se aglomerava no parque foi tomada pelo desânimo
A festa parou seguindo o silêncio de um pandeiro
Algumas pessoas foram para casa antes do final

Mas, poucos minutos depois,
do meio daquela aglomeração
no vazio de um parque, no frio,
um calor de esperança surgiu,
uma estrela acendeu dentro de cada estômago

Sua luz cresceu
como cresceu o burburinho que se ouvia
Alguém riu alto
Alguém resgatou o pandeiro
Garrafas de espumante surgiram não se sabe de onde
aguardando o desfecho que se produzia
a milhares de quilômetros dali

Ali, aquela embaixada de protofoliões
ganhou alegria e o brilho de uma estrela.

E, no anúncio tão aguardado,
a estrela de cada um saiu
em um grito de alegria,
de exorcismo,
e foi brilhar no céu.

Cada um que estava ali renasceu um pouco.
Um pouco de cada um de nós renasceu naquele dia
Mesmo naqueles que ainda não sabem
ou que não querem que isso aconteça

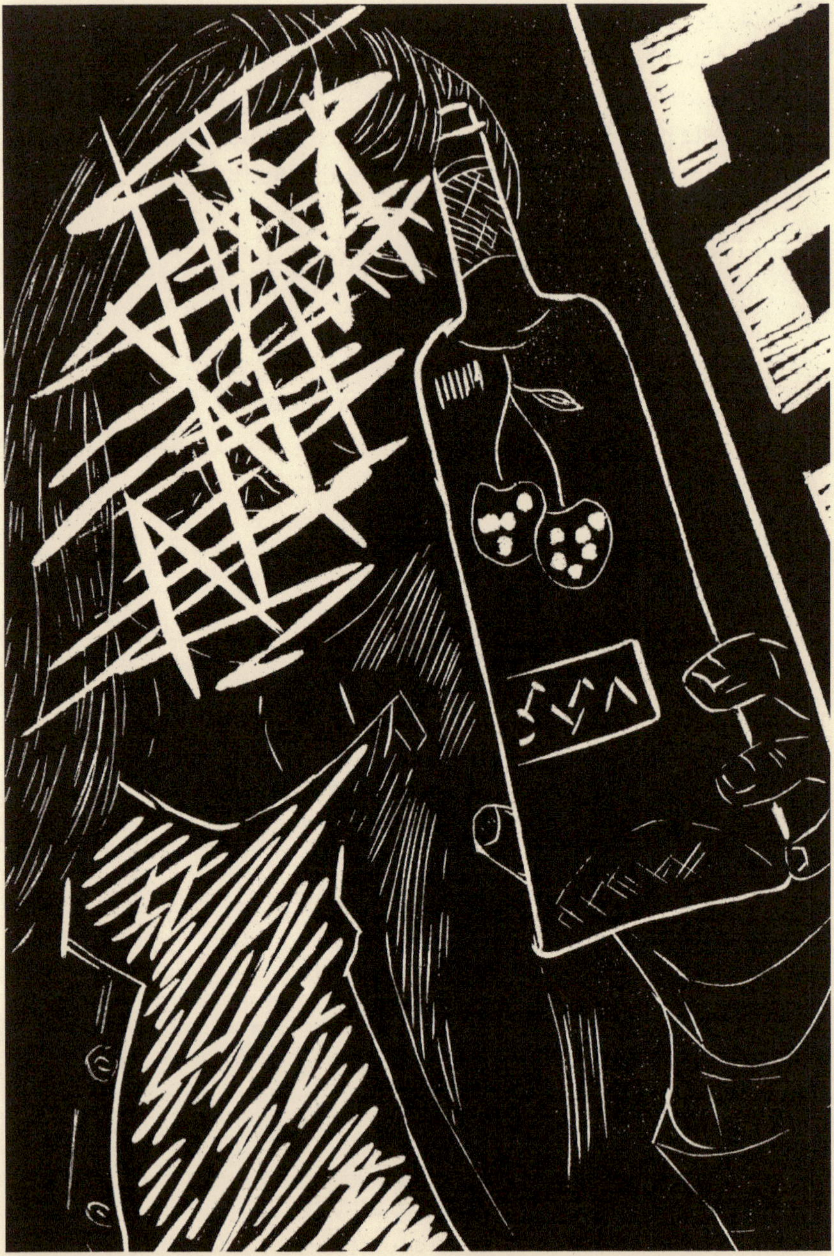

Eu andava nas ruas
e via coisas lindas
e também coisas feias
Via vidas

Nas ruas, aqui, não há mortes ou vidas se acabando

Andar nas ruas é entrar em contato com a vida
A morte está escondida em algum quarto,
ou nos hospitais, ou nas casas de repouso

Andando nas ruas, entrava em contato com a vida dos
[outros

E minha vida? Congelada, pausada
À espera do retorno ao normal
O normal que nunca funcionou

Eles se conheceram em uma manifestação
Descobriram compartilhar gostos políticos e artísticos,
descobriram morar na mesma cidade no Brasil

Passaram a noite conversando na praça
Passaram a semana conversando pelo telefone
Se encontraram no final de semana seguinte

Estavam no metrô, sentados lado a lado
Ela lhe perguntou se tinha olheiras
Ele virou seu rosto em direção ao dela

Seus rostos ficaram frente a frente
A distância entre eles era ínfima

Não entenda errado:
Era apenas uma amizade começando

Não, ela não tinha olheiras, ele afirmou
E em seguida perguntou se ela era mesmo casada

(Ao leitor cabe cogitar a causa de tamanho desvio no rumo da conversa)

Ela respondeu, educadamente, que sim
Mas algo havia mudado naquele instante
E a bela amizade que havia acabado de nascer, morreu

Atualização sobre a vizinha:
Depois que ela chegou em casa naquela noite com um
[homem,
ele passou a morar com ela.
E ela começou a falar. Muito.
Não sei se fala com ele
(pois não o ouço)
ou se fala ao telefone
Mas ela fala agora

Muito

A moça do caixa me acolheu com um sorriso
Pegou o par de luvas e leu o código de barras
Perguntou se eu tinha o cartão fidelidade da loja
Sorrindo, respondi que não
Sorrindo com esperança, ela me perguntou "por que" eu
[não fazia um

Eu respondi que era "por que" não morava no país
Porque eu respondi com *pourquoi* e não com *parce que*
Todos os sorrisos desapareceram

Sentado em frente a um tocador de violão
de algum mestre flamengo
(Hendrick ter Brugghen),
eu me debatia com caderno, lápis, carvão e borracha

Desenhar no museu me acalmava e era um porto seguro
no rebuliço da vida

A sala estava vazia, apenas eu e a vigilante
Os turistas não se interessavam por aqueles holandeses
que não foram nem Rembrandt nem Vermeer

A pobre vigilante estava lá só por minha causa
Passa uma colega e a chama para tomar um café
(ah! as jornadas de trabalho francesas)
Para convencer a diligente colega, ela diz:

— aqui não tem ninguém

De fato, não havia ninguém

Continuação da lista de pessoas que ficaram hospedadas
no apartamento ao lado:

Casal de jovens adultos, que só utilizou o apartamento
para dormir;

Nova família com criança (apenas uma), que segue o
mais estrito silêncio

Por diversas vezes, pedi minha bebida no Starbucks
"sem *chantilly*"
Um dia vi escrito na etiqueta: "sem *crème fouettée*"
Nunca ninguém me corrigiu

Linhas de metrô afetadas pela paralisação do dia dez de novembro de 2022:
Linha 2: fechada
Linha 8: fechada
Linhas 10, 11 e 12: fechadas
Linhas 1 e 14: tráfego normal
Demais linhas: menos trens que o normal
O trânsito ficou perturbado o dia todo em Paris
No final do dia, tudo fluiu e as ruas ficaram vazias
Quer dizer que de uma forma ou de outra, tudo fluiu

Quando eu tentava desenhar as obras do museu,
traçava os erros com a mão esquerda e tentava tapar
[a imagem com a direita

Percebia que o simples fato de estar desenhando
[um quadro o tornava
mais interessante aos olhos dos demais visitantes

Todos procuravam a genialidade escondida que atraía
[a atenção do desenhista
Na maior parte do tempo, a genialidade que me atraíra
[era a facilidade de
desenhar aquela obra

Com a mão direita, eu escondia isso deles

Até o dia em que um mais atrevido veio até mim
Puxou assunto,
disse invejar os copistas do Louvre
(foi como ele me chamou sinto desapontá-lo,
[desconhecido)
Pediu para ver meu desenho
Respondi que estava malfeito,
que eu era novo na atividade
Ele insistiu

Lembro até agora da expressão que ele fez
ao ver meu desenho

...om may it concern, ... declare that the patient Luciano Augusto Daniel Pintois under special...
...cal treatment with us, in São Paulo, Brazil. ... it is very important to his condition to keep...
...ment; he travels therefore with medication prescribed by us.

Existem solidões piores, certamente

Mas passar dias e dias falando
e ouvindo
apenas "bons-dias", "obrigados" e nomes de pratos
dói fundo na alma

O dia amanheceu molhado da primeira chuva fria e gelada de outono
E, vindos não sei de onde, as ruas se encheram de impermeáveis beges dos mais diversos cortes e tons.

O cinza no céu
O bege nas ruas
O marrom das folhas no chão
O azul da tristeza em mim

Havia anos que não se falavam e não se viam
O passado cheio de coração saindo pela boca já ia longe
O presente se resumia a curtidas nas redes sociais

Um dia ele precisou tirar uma dúvida com ela
Marcaram uma chamada de vídeo
Conversaram por muito tempo

Foram interrompidos por compromissos profissionais
[dela
Do contrário, teriam passado horas se falando
Como havia sido no passado

O passado lhes retornara tão facilmente
trazendo consigo todas as batidas erradas de coração
e todas as lembranças de corpos que se mesclam

Inocentes, combinaram de repetir a chamada em breve
Isso nunca aconteceu

Nos caixas do mercado não há funcionários
tudo é feito pelo cliente e pela máquina
Também não há instruções

Eu fiz diversas compras naquele mercado
sempre colocando os produtos em sacos de papel
que ficavam junto ao caixa

Digo, à máquina que fazia as vezes de caixa

Na última semana, descobri
que os sacos de papel também possuem um código de
[barras que,
ao ser lido, revela que cada um custa dez centavos

Isso faz de mim alguém que roubou aproximadamente
três euros de uma grande rede de supermercados

Mas quem haveria de notar este roubo?
No mercado, não há funcionários

Quando nada faz sentido,
chega o desejo de ir embora

Quando as coisas começam a fazer sentido,
chega a hora de ir embora

No palco, não há palco
nem palavras

Atrás há uma criança que fala o tempo todo

No palco, um desfile sincronizado de corpos
expostos à violência e à velocidade

Nas cadeiras ao lado, o vazio

No ar, uma música que emociona
(não são todas?)
E gritos de raiva, surpresa, medo

Em mim, a alegria de estar vivendo
um dos grandes momentos da vida

Coisas que deixei de fazer em Paris:
Uma refeição em um restaurante afegão
Andar de bicicleta (imperdoável)
Tomar um ônibus
Comer uma omelete (a preparada pelo casal de chineses
no restaurante da esquina de casa não conta)
Discutir teatro com um local
Conversar sobre a política brasileira com um local
Assistir a uma peça de Molière
E a uma de Beckett
Tomar um café (jamais faria isso)
Me apaixonar pelo lugar estando lá

FONTE Minion Pro
PAPEL Polen Natural 80 g/m²
IMPRESSÃO Meta